A CEUX
QUI CHANTENT ENCORE.

CHANSONNETTES

PAR

M. R.-D. BERTHELEMY.

PRIX : UN FRANC.

PARIS,
CHEZ LEDOYEN, LIBRAIRE,
Palais National, Galerie d'Orléans, 31.

VERSAILLES,
CHEZ J. JULLIARD, LIBRAIRE,
Rue Neuve, 39.

1851

A CEUX

QUI CHANTENT ENCORE.

A CEUX

QUI CHANTENT ENCORE.

CHANSONNETTES

PAR

M. R.-D. BERTHELEMY.

PRIX : UN FRANC.

<table>
<tr><td>PARIS,</td><td>VERSAILLES,</td></tr>
<tr><td>CHEZ LEDOYEN, LIBRAIRE,</td><td>CHEZ J JULLIARD, LIBRAIRE,</td></tr>
<tr><td>Palais National, Galerie d'Orléans, 31.</td><td>Rue Neuve, 39.</td></tr>
</table>

1851

UN MOT D'AVERTISSEMENT.

Le hasard voulut que le recueil d'airs connu sous le nom de *la Clef du Caveau* me tombât un jour entre les mains. En le feuilletant j'éprouvai un véritable plaisir à remettre dans ma mémoire quelques timbres du bon vieux temps que j'avais fredonnés dans mon enfance, et je cédai à la tentation d'y adapter des paroles. Ces petites compositions, chantées d'abord entre amis, puis dans des réunions moins intimes, me furent demandées. A cette cause est due l'impression des chansonnettes qui suivent. Ceux à qui je les destine savent qu'elles sont d'un simple amateur et non point d'un homme de lettres. Je prie toute autre personne de penser de même de leur auteur.

A CEUX

QUI CHANTENT ENCORE.

TABLEAU DU PARLEMENT.

(Décembre 18...)

Air : *V'là c'que c'est q'd'aller au bois.*

Esquissons, amis, tout de bon,
Le tableau du Palais-Bourbon,
Lorsque vers la fin de décembre
    Y siége la Chambre,
    Dont sans être membre,
On peut bien dire : Eh ! oui, vraiment,
    V'là c'que c'est que l'Parlement.

L’heure a sonné : silence ! paix !
L’heureux président du Palais,
Celui qui trône en ce domaine
    S’avance, à grand’peine
    Portant sa bedaine ;
Le tambour fait un roulement...
  V’là c’que c’est que l’Parlement.

De la porte il franchit le seuil,
Et, se carrant sur son fauteuil,
Sonnette en main, il dit : « Silence !
    Le débat commence ;
    Députés de France,
A vos places diligemment..... »
  V’là c’que c’est que l’Parlement.

« Vous tairez-vous : paix ! de rechef !
Sinon, je me couvre le chef. »
Drelin !.. drelin !.. il sonne ; il gronde ;
    Hélas ! tout le monde
    Bourdonne et le fronde !
Il en est pour un enroûment.....
  V’là c’que c’est que l’Parlement.

Parmi tout ce *tohu bohu*,
Dès que l’ordre du jour est lu,

A la tribune vite ! vite !
    On se précipite :
    Chacun y récite
Son discours gascon ou normand...
    V'là c'que c'est que l'Parlement.

« Par Bacchus ! il est temps : sortons ! »
Chantent d'abord les barytons.
Puis, un tutti de voix répète :
    « Chef de la *Buvette*,
    Verse chopinette ;
Sablons le doux jus du sarment... »
    V'là c'que c'est que l'Parlement.

Désaltéré, frais et dispos,
Le bataillon rentre au champ-clos.
Des pieds à la tête on se toise ;
    D'humeur peu courtoise,
    On se cherche noise :
Les jurons pleuvent rondement...
    V'là c'que c'est que l'Parlement.

Les cris : « A l'ordre ! oh ! oh ! ah ! ah !
Font redoubler le brouhaha.
Dans le *crescendo* de l'orage
    La lutte s'engage :

1.

Mais, prenons courage!
Nous approchons du dénoûment...
V'là c'que c'est que l'Parlement.

Et le congrès se lève enfin
En s'écriant : « Morbleu ! j'ai faim !
Il est six heures à l'horloge;
    Déposons la toge... »
    Puis, chacun déloge
En carrosse ou pédestrement....
    V'là c'que c'est que l'Parlement.

ON PEUT EN CAUSER.

Air : *Vivent les Fillettes !*

Déjà la fauvette
Vous chante : Il fait jour ;
Garçon et fillette,
Parlez-vous d'amour.

Oui , plus que moi-même,
Dit Lise tout bas ,
Mon Lubin, je t'aime ;
Mais hélas ! hélas !

Déjà la fauvette
Vous chante : Il fait jour ;
Garçon et fillette,
Parlez-vous d'amour.

Mais, hélas ! on cause
De tout au hameau !
Vers Lubin je n'ose
Mener mon troupeau.

Déjà la fauvette
Vous chante : Il fait jour ;
Garçon et fillette,
Parlez-vous d'amour.

Et Lubin lui donne
Un tendre baiser.
Lise le pardonne :
On peut en causer.

Car, l'écho répète :
Il fait, il fait jour;
Garçon et fillette,
Parlez-vous d'amour.

LA COMÉDIE.

Air : *J'étais bon Chasseur autrefois.*

Laissez les dames du grand ton,
Laissez-les grimacer, Lisette,
Vous, la plus belle du canton,
Restez toujours simple fleurette.
De ce miroir éloignez-vous ;
Une beauté qui s'étudie,
Lisette, est sans attraits pour nous :
Ne jouez pas la Comédie.

Damis pérore et prêche bien,
S'érige en profond moraliste :
Oui ; mais le diable ne perd rien
Aux sermons de ce théoriste.
La trame, hélas ! que voulez-vous ?
Damis, la trame est mal ourdie !
Nous voyons pendre par dessous
Les fils de votre Comédie.

A n'en juger que par les yeux,
Ce couple, que l'hymen engage.

S'offre à vous, le front radieux,
Présentant de la paix l'image.
A la surface arrêtez-vous;
Ne cherhez pas la tragédie
Que trop souvent ces bons époux
Donnent après la Comédie.

Grand orateur du Parlement,
Combien est sainte ta colère !
Mais, il y manque seulement,
Tu le sais bien, d'être sincère.
Conviens-en vite et sois absous,
A grand bruit ta voix parodie
Le noble éclat d'un beau courroux,
Pour nous donner la Comédie.

Que faisons-nous, vieux et barbons,
Pour nous duper les uns les autres ?
Sous le masque, hélas ! nous jouons
Le rôle de fort bons apôtres !
En dépit du qu'en direz-vous,
Nous avons tous la maladie
Du jeu : trompez-moi, trompons-nous,
Pour l'amour de la Comédie.

POUR ÊTRE HEUREUX IL FAUT AIMER.

Air : *Ah ! que de chagrins dans la vie !*

Il est temps..... quittez vos faucilles,
Reposez-vous sous cet ormeau ;
Jeunes garçons et jeunes filles,
Ecoutez le chant de l'oiseau : (*bis*)
« Au mot d'amour, — ne semble-t-il pas dire : —
« Jeune fauvette, au lieu de t'alarmer,
« Ah ! bien plutôt partage mon délire !
« Pour être heureux il faut aimer. »

Petit oiseau vous y convie,
Payez le tribut à l'amour.
Aimer est le beau de la vie ;
Que chacun répète à son tour : (*bis*)
Ce sentiment que la nature inspire,
Jeunes amants, nous pouvons l'exprimer.
Quand le cœur parle, écoutons-le nous dire :
Pour être heureux il faut aimer.

L'amour nous tient sous sa puissance,
Nul ici n'échappe à ses lois;
Nous lui devons obéissance;
Inclinez-vous, bergers et rois. (*bis*)
Aimable enfant au séduisant sourire,
Quand tu le veux, tu sais bien imprimer
Dans tous les cœurs la loi de ton empire :
Pour être heureux il faut aimer.

LA CHASSE AU LAPIN.

Air : *Gaîment je m'accommode de tout.*

Mettons-nous en campagne
Soudain;
Gravissons la montagne
Bon train.
Notre Carlo fidèle
Déjà
Bondit et nous appelle :
Holà!

Attention! silence!
Carlo
A guerroyer commence :
Bravo!
Déja sa voix tonnante
Trois fois
A jeté l'épouvante
Au bois.

C'est un lapin sans doute
Qui fuit ;
Plaçons-nous sur sa route
Sans bruit.
Si pour gagner la plaine
Il sort,
Il aura pour sa peine
La mort.

Il s'élance ; on l'ajuste :
Le plomb
Le va frapper tout juste
Au front.
Le pauvret fait encore
Un pas,
Mais c'est pour ses yeux clore,
Hélas ! !

LA MARGUERITE.

Air : *Plus fraîche que le matin.*

Si j'en crois un certain bruit,
Colin est volage ;
On l'a vu, dit-on, la nuit
Sortir du village.
Colin, en toi
J'ai toujours foi ;
Mais tu sors à la nuit : pourquoi ?
Tu sors à la nuit : pourquoi ?

Tendre amour est malheureux :
Un rien le désole.
Tendre amour est bien heureux :
Un rien le console.
Lise soudain
Pose la main
Sur la fleur qu'elle porte au sein,
La fleur qu'elle porte au sein.

Faisons parler cette fleur,
Cette marguerite.
Je sens palpiter mon cœur,
Effeuillons-la vite,
Dit Lise bas;
Sachons, hélas !
S'il m'aime ou s'il ne m'aime pas,
S'il m'aime ou ne m'aime pas.

Il m'aime passablement.
Ah ! dit la fillette,
Ce n'est pas assez, vraiment !
Méchante fleurette !
Dis donc beaucoup,
Par-dessus tout;
Ah ! dis-le-moi ce mot si doux !
Dis-le-moi ce mot si doux !

La fleur me l'a dit enfin :
Oui, beaucoup il t'aime.
Aime-moi toujours, Colin,
Aimons-nous de même.
Je n'ai plus peur,
J'en crois la fleur;
Colin, je possède ton cœur;
Oui, je possède ton cœur.

LA BULLE DE SAVON.

Air : *Dé la Romance de Céline.*

(Musique de G. Lambert.)

J'aperçois un joli globule,
Coloré des feux de l'Iris.
Ma main veut saisir cette bulle :
Elle n'est plus... Et je me dis.
Un souffle a suffi pour l'éteindre !
Philosopher est de saison.
Je cède au désir de vous peindre
Deux ou trois bulles de savon.

Ainsi nous voyons la jeunesse
Parmi les plaisirs et les fleurs
Ivre d'amour et d'allégresse,
Briller des plus vives couleurs.
De notre bulle c'est l'image :
Au moindre souffle d'aquilon,
Adieu ! la fraîcheur du bel âge !
C'est une bulle de savon.

2.

Nous avons tous, dans notre vie,
Soufflé la bulle au chalumeau,
Bâti, dans notre rêverie,
En Espagne quelque château.
Mais, au réveil il fallut dire :
Hélas ! oui, la froide raison
Apprend que tout beau rêve expire.
Comme une bulle de savon.

Vous qu'on courtise et qu'on encense,
Heureux favoris du pouvoir !
De la bulle ayez souvenance ;
Répétez-vous matin et soir :
On peut, sans trop de métaphore,
Dire hélas ! avec la chanson,
Dire à l'encens qui s'évapore :
Tu n'es que bulle de savon.

A LA FLEUR DE MON PRINTEMPS.

Air : *Ah ! le bel oiseau , maman !*

A la fleur de mon printemps,
Gentillette,
Pas coquette,
A la fleur de mon printemps,
Je ne perdis pas mon temps.

Combien j'avais d'amoureux
A quinze ans dans le village !
Ce fut pour les rendre heureux
Que je cessai d'être sage.

A la fleur de mon printemps,
Gentillette,
Pas coquette,

A la fleur de mon printemps,
Je ne perdis pas mon temps.

Comme un léger papillon
Vole au tour d'une fleurette,
Autour de mon cotillon
Lubin faisait la navette.

A la fleur de mon printemps,
Gentillette,
Pas coquette,
A la fleur de mon printemps,
Je ne perdis pas mon temps.

En cessant d'aimer Lubin,
De Thomas je fus éprise ;
Et bientôt après Colin
Lui cria : la place est prise !

A la fleur de mon printemps,
Gentillette,
Pas coquette,
A la fleur de mon printemps,
Je ne perdis pas mon temps.

Comme toujours l'appétit
Au doux manger s'affriande,
Hélas ! petit à petit
Je devins, ma foi, gourmande !

A la fleur de mon printemps,
Gentillette,
Pas coquette,
A la fleur de mon printemps,
Je ne perdis pas mon temps.

Poule chère à plus d'un coq,
Il m'en souvient.... c'était drôle
A ma porte : tic, tic, toc !
On cognait à tour de rôle.

A la fleur de mon printemps,
Gentillette,
Pas coquette,
A la fleur de mon printemps,
Je ne perdis pas mon temps.

Quand la calotte de plomb
S'appesantit sur ma tête,

Un coq me donna son nom,
Et je devins poule honnête.

A la fleur de mon printemps,
Gentillette,
Pas coquette,
A la fleur de mon printemps,
Je ne perdis pas mon temps.

LE MAESTRO

(Souvenir de Collége.)

———

AIR : *Mon Père était pot.*

Parmi les beaux noms de Juilly,
  Inscrivons au programme
Inscrivons le nom de celui
  Qui nous montra la gamme.
    Si de son portrait
    L'esquisse vous plaît,
  Permettez que je chante
    Pour le dire enfin
    L'artiste *Crévin,*
  Crévin le dilettante.

A bien parler grec ou latin,
  Tu ne mis pas ta gloire;
Mais toi seul, maëstro *Crévin,*
  Oui, seul de l'Oratoire,

Sur le violon,

Le cor, le basson,

Tu prenais ta revanche,

Et même souvent,

Aux sons du serpent,

Au lutrin le dimanche.

Mais c'est sur-tout dans les concerts

Où notre Académie

Faisait entendre avant ses vers

Des morceaux d'harmonie,

Que brillait *Crévin*

D'un éclat divin

Lorsqu'il disait : « Silence !

Une, deux et trois.....

Comptez sur vos doigts :

L'ouverture commence. »

Du formidable maëstro

La voix rude et sonore,

Quand on abordait l'*allegro*,

Il m'en souvient encore,

Nous criait : « *Forte*

Avec fermeté

Que le *tutti* ressorte ! »

Puis, un triolet :

« Appuyez l'archet,
N'allez pas de main morte. »

Si limpide et belle que soit
L'eau de la source sainte
Elle est froide, hélas ! on la boit
Goutte à goutte avec crainte..
Parlez-moi du vin,
Nous eût dit *Crévin,*
La gaîté l'accompagne :
Aux estomacs vieux
Le vin sied bien mieux
Retournons au champagne.

LE SOUHAIT DE MARIE.

AIR : *Chantons Lœtamini.*

Non loin de la prairie,
A l'ombre d'un berçeau,
Disait un jour Marie :
Je voudrais être oiseau,
Joli petit oiseau ;
Ah ! que ne suis-je oiseau !

J'irais sous le feuillage,
Le long du clair ruisseau
Essayer mon ramage
Et mes ailes d'oiseau ;
Je chanterais oiseau,
En voltigeant, oiseau.

On me verrait encore
Sur un léger roseau
Aux baisers de l'Aurore
Tendre mon bec d'oiseau :
Je serais un oiseau,
Un matinal oiseau.

Une petite graine,
Un raisin, un peu d'eau
Contenteraient sans peine
Mon appétit d'oiseau :
Oui, je serais oiseau,
Sobre petit oiseau.

Quand l'hiver nous désole,
Vers un monde plus beau,
Petit oiseau s'envole :
Ah ! que ne suis-je oiseau
Je partirais, oiseau
De mes ailes d'oiseau.

LE COLLIER DE MISÈRE.

Air : *du Verre.*

Lecteur, je ne te ferai pas
Une longue et triste peinture
De tous les colliers qu'ici-bas
Nous attache au cou la nature.
Sans entrependre ce tableau
Faisons une esquisse légère ;
Retraçons d'un coup de pinceau
Deux ou trois colliers de misère. } *bis.*

Le riche nous paraît heureux ;
Eh ! oui, souvent il pourrait l'être.
Mais l'argent lui dit : Je le veux !
Esclave, obéis à ton maître.
Pour m'entasser tourmente-toi ;
Allons ! pour prix de ton salaire,
Solde le tribut à ma loi :
Porte le collier de misère. } *bis.*

On t'applaudit, noble orateur,
Demosthène de la tribune :
Mais, sous ton air triomphateur,
Désir inquiet t'importune.
Ne sait-on pas que nuit et jour,
Tu convoites le ministère,
Jaloux de porter à ton tour
Le brillant collier de misère. } *bis.*

Rhéteurs, vous dont on applaudit
La haute et grande politique,
Si vous perdez votre crédit,
Soudain l'opinion publique
S'élève et dit : c'est votre lot ;
Souffrez que juste, mais sévère,
De mes doigts je rive un grelot
A votre collier de misére. } *bis.*

Hélas ! oui, je porte un collier
Disait une auguste personne.
Ah ! gardez-vous bien d'envier
Cet attribut de la couronne !
Il est de diamant et d'or,
Mais, qui de près le considère,
Voit que ce collier porte encor
L'anneau du collier de misère. } *bis.*

LE BAISER VILLAGEOIS.

Air : *De la Meunière.*

En revenant de la moisson
    A sa maisonnette,
Le gros Thomas fils à Simon,
    Guilleret comme un pinson,
        Pour conter fleurette
        S'arrêta, dit-on.

Jarnigué ! comme un vrai tison
    J'ons pris feu, Jeannette !
J'nentendons ni rim' ni raison,
    J'voulons, sans plus de façon,
        Baiser, ma brunette,
        Ton p'tit cou mignon.

Si tu l'prends, Thomas, sur ce ton,
    Répond la fillette,
Si tu t'y frottes, mon garçon,

3.

Je te baille tout de bon
Un coup de houlette,
Foi de Jeanneton!

Thomas esquive le bâton;
Sa bouche indiscrète
Applique un gros baiser glouton
Sur la fossette au menton
De la bergerette,
Qui ne dit plus : non.

LE MARTINET.

(Souvenir de Collége.)

Air : *Je loge au quatrième étage.*

L'instrument que j'ai pris pour thème,
Comme nous a beaucoup vieilli ;
A parler vrai, je ne sais même
S'il existe encore à Juilly.
Mais, sans grand effort de mémoire,
Il vous souvient du martinet
Epouvantail de l'Oratoire
Sous *Lombois, Crénière* et *Sonnet* (1).

(1) Tous trois, pères de l'Oratoire et alors proviseurs du collége de Juilly.

Vainement sainte Geneviève (1)
Intercédait pour ses enfants,
Le martinet, sans paix ni trève,
Les frappait *minimes* et *grands.*
Sur le classique territoire
C'est lui qui nous disciplinait
Vers l'an deux cent de l'Oratoire,
Sous *Lombois, Crénière* et *Sonnet.*

J'entends résonner la formule
C'était : allons, vite ! à genoux !
Tendez les doigts à la férule !
Nous les tendions... que voulez-vous ?
Et sans autre forme oratoire,
L'infatigable cordonnet
Cinglait les fils de l'Oratoire,
Sous *Lombois, Crénière* et *Sonnet.*

Le martinet modèle et type,
Le *Nicolas* de *Patuel* (2)
Fut toujours, selon son principe,
A nous fustiger ponctuel.

(1) Patrone du collége de Juilly.

(2) Le père Patuel professait la septième. Son martinet était connu
sous le nom de Nicolas.

Il dompta, dans ses jours de gloire,
Bien des têtes près du bonnet,
Comme en décimait l'Oratoire,
Sous *Lombois, Crénière et Sonnet !*

« Le futur roi de Westphalie
Jérôme, au temps du consulat,
Pliait, quand je lui disais : plie
Le genou devant *Nicolas.* »
En nous proclamant cette histoire,
Patuel, d'un gaillard poignet,
Daubait sur le jeune auditoire
Sous *Lombois, Crénière* et *Sonnet.*

Juste ciel ! la corde noueuse
Ne cinglait pas toujours la main !
Nous la vîmes, audacieuse,
Abdiquer tout respect humain ;
Nos neveux auront peine à croire
Que *Cottier* nous déboutonnait,
Et, factotum de l'Oratoire,
Nous fessait pardevant *Sonnet.*

Mais, comme à vingt ans de distance,
Bouder serait hors de saison,

Ces tristes souvenirs d'enfance
Ne troublent plus notre raison.
A la table du réfectoire
Rions, amis, du martinet,
Et buvons au vieil Oratoire
Sans même en excepter *Sonnet.*

A M.ᶜ ᴿ L'ARCHEVÊQUE DE ***.

En bon pasteur, avec zèle et courage,
Pour visiter nos plus petits hameaux,
Nous vous voyons affronter un voyage
Pour vous fertile en pénibles travaux.
Chacun de nous, Monseigneur, apprécie
Cette honorable et digne et sainte ardeur :
Au nom de tous, je vous en remercie,
    Eh ! vive Monseigneur ! (*bis*)

Dans tous les yeux, Monseigneur, veuillez lire,
Ils vous diront, bien mieux que ce couplet :
Vous posséder à Dracy (1) nous inspire
Un sentiment d'amour et de respect.
Toutes nos voix sont bien en harmonie
Lorsqu'il s'agit de répéter en chœur :
Votre présence en ces lieux est bénie ;
    Eh ! vive Monseigneur ! (*bis*)

(1) Petit village de Bourgogne.

Notez-nous bien sur votre itinéraire,
Conservez-nous un petit souvenir.
Accompagné de votre grand vicaire,
Oh ! puissiez-vous un jour nous revenir !
Dans cet espoir tout le monde ici prie :
Vous l'entendez, vénérable pasteur,
Dans ce hameau, chacun de nous s'écrie :
Sans adieu, Monseigneur ! (*bis*)

LA TORTUE ET LES DEUX CANARDS.

Air : *Gaîment je m'accommode de tout.*

De son pays r'battue :
       « Allons »,
Disait une Tortue,
       « Partons !... »
Deux Canards qui l'entendent,
       Soudain
A ses beaux projets tendent
       La main.

De t' porter sur notre aile
Tous deux,
Nous s'rons, dis't-ils, ma belle,
Heureux... —
Disposez l' véhicule,
Et puis,
Répond la bêt' crédule,
J' vous suis.

.

Dans la gueule on lui passe
Vit'ment
Un bâton qu'elle embrasse
Gaîment.
Les Canards en saisissent
Chaq' bout,
Et tous trois s'applaudissent
D' leur coup.

On dit à la pèl'rine :
T'nez bien;
Ne lâchez la machine
Pour rien.

Un bon vent les seconde,
    Brava !
Partis pour l'nouveau monde
    Les v'là.

O merveille, ô prodige !
    Est l'mot
Qui d' bouche en bouch' voltige
    Bientôt.
Venez voir dans les nues,
    Dit-on ,
La reine des Tortues
    Tout d' bon.

Eh ! oui, je suis leur reine ,
    Viv' Dieu !
J' voyage en souveraine ,
    Adieu !
Les dents elle desserre
    A tort :
Ell' tombe et trouve à terre
    La mort.

Par esprit de jactance,

D'orgueil,

Passons-nous d' la prudence 

Le seuil,

Combien f'sons-nous d' bévues,

D' faux-pas,

Sans descendre des nues,

Hélas !

SOUVENIR DE LA CHANSONNETTE.

AIR : *La bonne aventure.*

Dans ce bon temps on était
D'humeur guillerette;
A table alors on chantait,
Et nous, ma Lisette,
Nous applaudissions des mains
Pour mieux timbrer les refrains
De la chansonnette,
O gué,
De la chansonnette.

On riait à pleins poumons ;
Jamais l'étiquette
N'attristait par des sermons
L'aimable goguette.

4.

Bien plus sage qu'un Caton,
Désaugiers donnait le ton
A la chansonnette,
O gué,
A la chansonnette.

On conservait à grand soin
Le goût, la recette
Des airs frappés au bon coin,
Chéris du poète.
On oubliait de manger
Lorsque chantait *Béranger :*
Bonne chansonnette,
O gué,
Que sa chansonnette !

C'était un divin concert
Où mainte poulette
Disait gaîment au dessert :
Point ne suis coquette.
Lorsque j'ai perdu mon sol,
J'attrappe un baiser au vol
Pour la chansonnette,
O gué,
Pour la chansonnette.

Des vieux enfants du Cave

    La muse végète ;

Depuis qu'ils boivent de l'eau

    Leur voix est muette.

La romance a détrôné

Le boute-en-train du dîné :

    Pauvre chansonnette,

      O gué,

    Pauvre chansonnette !

APPEL AUX ANCIENS ÉLÈVES DU COLLÉGE DE JUILLY.

Air : *Tout le long de la rivière,*

Un aimable chanteur l'a dit :

Plus on est de fous plus on rit.

Juillyaciens de tout âge,

Pénétrons-nous de cet adage;

Imposons-nous, pour doux pensum,

De répondre à l'appel : *adsum*.

Et tous les ans ce vaste réfectoire

Nous réunira cent fils de l'Oratoire,

Oui, cent fils, cent fils de l'Oratoire.

Buvons au docte cardinal (1)

De Juilly premier général.

Il fit régner, par son génie,

Parmi ses enfants l'harmonie.

Après deux siècles écoulés,

Ils chantent à table assemblés :

Chacun de nous retrouve au réfectoire

La fraternité du temps de l'Oratoire,

La fraternité de l'Oratoire.

Ecrivons sur notre drapeau :

Nous avons été buveurs d'eau.

Mais nous avons tous bonne tête ;

Nous savons, en un jour de fête,

Sabler les vins des meilleurs crûs,

Et, verre en main, faire chorus,

Lorsque Bernard (2) nous dit : Au réfectoire

(1) De Berulle, fondateur de l'Oratoire.

(2) L'un des commissaires-fondateurs du banquet annuel.

Accourez, enfants, enfants de l'Oratoire,
Au banquet des fils de l'Oratoire.

Aux nouveaux ainsi qu'aux anciens,
A tous les Juillyaciens,
Buvons d'une ardeur unanime,
Buvons au *grand* comme au *minime* :
Grâce à l'heureuse fusion
Qui cimente notre union,
Accourez tous au même réfectoire,
Jeunes successeurs des fils de l'Oratoire,
Auprès des vieux fils de l'Oratoire.

LE PÈLERIN.

AIR : *du Carillon Savoyard.*

Din, don, din, don!
Accourez, hommes et femmes,

Din, don, din, don !
Au din, don de mon bourdon.

J'en ai fait vœu ;
Je chemine, bonnes âmes,
Vers le Saint lieu
Où périt le Fils de Dieu.

Din, don, din, don !
Accourez, hommes et femmes,
Din, don, din, don !
Au din, don de mon bourdon.

Le pèlerin
Priera pour vous, bonnes âmes,
Sur son chemin,
Priera Dieu soir et matin.

Din, don, din, don !
Accourez, hommes et femmes,
Din, don, din, don !
Au din, don de mon bourdon.

Pour ce hameau
Je garderai, bonnes âmes,
Un beau morceau
De la croix du Saint Tombeau.

Din, don, din, don !
Accourez, hommes et femmes,
Din, don, din, don !
Au din, don de mon bourdon.

Je vous promets
Aussi, charitables âmes,
Des chapelets
Pour vous bénits tout exprès.

Din, don, din, don !
Accourez, hommes et femmes,
Din, don, din, don !
Au din, don de mon bourdon.

Donner est doux !
Entre frères, bonnes âmes :
Secourons-nous,
Dieu l'a dit : donnez-moi tous.

Din, don, din, don !
Faites tous, hommes et femmes,
Din, don, din, don !
Au pèlerin votre don.

A LA GAITÉ.

AIR: *du Dieu des Bonnes Gens.*

Douce gaîté sied bien à la jeunesse;
Elle sied bien même au front sérieux ;
Douce gaîté tempère la sagesse,
Donne à ses traits un aspect radieux.
L'ultimatum de la philosophie,
Est, on l'a dit de toute antiquité :
« Fais ce que dois... Et puis mon Dieu ! confie
  Ton cœur à la gaîté ! » *(bis)*

De la vertu quand nous parle *Montaigne,*
Il nous la peint sous d'agréables traits :
Il veut qu'elle ait, son livre nous l'enseigne,
Visage allègre, esprit et cœur bien faits :
De la valeur, mais sans forfanterie ;
Par-dessus tout un trésor de bonté ;
Il veut enfin que sa bouche sourie :
  Si belle est la gaîté ! *(bis).*

L'observateur de la nature humaine,
Sans s'irriter contemple ses travers;
Peintre et poète, il les met sur la scène,
Et de bon cœur nous rions à ses vers.
Le maître à tous, dans mainte comédie,
Molière a dit à la postérité :
Ma muse, hélas ! est quelquefois hardie,
    Mais c'est avec gaîté. *(bis)*

Lorsque sur nous pèse de l'infortune
L'inévitable et l'accablant fardeau,
A la gaîté sourions sans rancune,
De la gaîté rallumons le flambeau.
Sans la gaîté que deviendrait la vie !
Au malheur même il est un bon côté :
A le chercher, amis, qui nous convie ?
    C'est encor la gaîté ! *(bis)*

LE BAILLI ET COLETTE.

Air : *Vous avez grand tort.*

Je t'offre mon nom ;
Je t'épouse, ma Colette ;
Je t'offre mon nom,
Moi, bailli de ce canton.
J'ai bonne maison,
Ma fortune est rondelette :
Tope sans façon ;
De ma main je te fais don.

Monsieur le bailli,
Jaime Lubin, dit Colette ;
Monsieur le bailli,
De votre main grand merci !
Lubin est celui
Qui tous les jours me répète :
Ma Colette, oui,
Oui, je serai ton mari.

Jamais ton Lubin

Ne t'épousera, Colette ;

Non, jamais Lubin

Ne te donnera sa main.

Du hameau voisin

Il aime une bergerette ;

Il te trompe enfin,

Pour la fille à Mathurin.

Je ne vous crois pas,

J'ai foi dans cette amulette ;

Je ne vous crois pas,

Lubin me l'a mise au bras,

Me disant tout bas :

Pour l'amour de moi, Colette,

Tu la porteras....

De Lubin j'entends les pas.

Oui da, croyez-nous,

Disent Lubin et Colette :

Oui da, croyez-nous,

Oui, malgré votre courroux

Et votre air jaloux,

Bientôt garçon et fillette,

En dépit de vous,

Bailli, nous serons époux.

LA MAROTTE.

AIR : *Tout le long de la rivière.*

Bizarre effet du cœur humain !
Ce que nous tenons dans la main,
Ce que nous excellons à faire
N'obtient pas le don de nous plaire ;
Et l'œuvre qui nous sied le moins
N'a jamais trop de tous nos soins.
Chantons, amis, sur une même note :
Oui, nous avons tous, hélas ! notre marotte !
Oui, chacun de nous a sa marotte.

L'un nous dit d'un air sérieux :
Je peins, oui ; mais je chasse mieux.
Il quitte pinceaux et palette,
Et dans son ardeur inquiète,

5.

Battant les bois, battant les champs,

Il ne tue, hélas! que... le temps.

Chantons, amis, sur une même note :

Oui, nous avons tous, hélas! notre marotte!

Oui, chacun de nous a sa marotte.

Dites-lui qu'il déclame bien,

Lysandre ne vous répond rien.

Parlez-lui de pêche à la ligne.

Soudain de plaisir il se signe ;

Il sait de merveilleux appâts !

Mais... les poissons n'y mordent pas.

Chantons, amis, sur une même note :

Oui, nous avons tous, hélas! notre marotte!

Oui, chacun de nous a sa marotte.

Damis porte bien le rabat

Et le bonnet de magistrat ;

Mais auprès de jeune poulette

Il frétille, il vole, il muguette ;

Et, papillon à cheveux gris,

Il se brûle aux yeux de Chloris.

Chantons, amis, sur une même note :

Oui, nous avons tous, hélas! notre marotte!

Oui, chacun de nous a sa marotte.

Sous ton bon plaisir, cher lecteur,

Je te l'avoûrai, foi d'auteur ;

Hélas ! oui, souvent je m'escrime

A chanter sans raison ni rime ;

Meâ, meâ culpâ ! j'ai tort ;

Mais, je n'en chante que plus fort.

Chantons, amis, sur une même note :

Oui, nous avons tous, hélas ! notre marotte !

Oui, chacun de nous a sa marotte.

LE SOUFFLET.

Air : Des Bossus.

Lisette, en toi, tout me plaît, me séduit ;

Je veux t'aimer, t'adorer jour et nuit.

— Nenni, nenni : vous ne m'y prendrez pas ;

Je ne mords point à de grossiers appâts :

Portez ailleurs votre amour et vos pas.

Tiens, prends les clefs, Lise, de ma maison,
Oui, sois la reine au logis d'un garçon.
— Nenni, nenni ; vous ne m'y prendrez pas ;
Je ne mords point à de grossiers appâts :
Portez ailleurs et vos clefs et vos pas.

Montre au côté, belle, dès le matin,
Tu sortiras en chapeau de satin.
— Nenni, nenni ; vous ne m'y prendrez pas ;
Je ne mords point à de grossiers appâts :
Portez ailleurs vos chapeaux et vos pas.

Eh bien ! Lisette, eh bien ! oui, dès demain,
Si tu le veux, je te donne ma main !
— Nenni, nenni ; vous ne m'y prendrez pas ;
Je ne mords point à de grossiers appâts :
Portez ailleurs votre main et vos pas.

Il ose alors... mais Lise d'un soufflet
Rabat soudain cet amour feu follet,
En répétant : vous ne m'y prendrez pas ;
Je ne mords point à de grossiers appâts :
Portez ailleurs vos baisers et vos pas.

SIMPLE ESQUISSE.

Air : *Il était un p'tit Moine.*

Jeune homme et jeune fille
Futurs époux
Sont bons et doux,
Leur humeur est gentille :
Ils sont tous deux aimants,
Charmants,
Ils sont tous deux aimants.

Quand l'Hymen les engage,
A leur amour
Vient chaque jour
S'ajouter une page.
Ils sont tous deux heureux
Entre eux,
Ils sont tous deux heureux.

Le premier mois se passe,
Bientôt au miel

Un peu de fiel
Se mêle, par disgrâce,
Goutte à goutte d'abord
Pas fort,
Goutte à goutte d'abord.

En eût-on bonne envie,
On ne peut pas
Toujours, hélas !
Jouer la comédie !
Le masque un beau matin
Enfin
Tombe, hélas ! un matin.

Et l'illusion cesse....
Et chacun dit :
« Sans contredit,
Les beaux jours de tendresse
Ici-bas durent peu,
Le feu
De l'hymen dure peu. »

L'un vit en solitaire ;
Il se tient coi,
Muré chez soi.
Rien moins que sédentaire,

L'autre se plaît partout
Sur-tout
Hors de chez soi partout.

Pour l'un le mariage
Est un lien
Qui se peut bien
Relâcher à tout âge.
L'autre dit : « Halte-là !
Holà !
L'autre dit : « Halte-là !

Comment, bon Dieu ! s'entendre
Si l'un dit : oui,
L'autre : nenni.
Si lorsque l'une est tendre,
L'autre bâille... et s'endort
Bien fort
L'autre bâille... et s'endort.

Aux petites piqûres
Aux coups de dent,
Hélas ! souvent
Succèdent les blessures !

Puis enfin, sans retour
L'amour
S'envole sans retour.

Alors l'enfer commence,
Et le démon
Dans la maison
D'un pas hardi s'élance :
Et le jour et la nuit
Fait bruit,
Et le jour et la nuit.

LE ROI DE LA FÈVE.

AIR : *du Bastringue.*

Buvons à la santé du roi
De la fève ;
Buvons sans trève ;
Buvons à la santé du roi :
Le verre en main, chantons sa loi.

Vive son auguste personne !
Elle porte bien la couronne ;
Le plaisir sied à ses côtés ;
Exécutons ses volontés.

Buvons à la santé du roi
De la fève ;
Buvons sans trève ;
Buvons à la santé du roi :
Le verre en main, chantons sa loi.

Vous apprendrez tous avec joie
Que la charte qu'il nous octroie
Porte sous l'article premier :
Buvez sans vous faire prier.

Buvons à la santé roi
De la fève ;
Buvons sans trève ;
Buvons à la santé du roi :
Le verre en main, chantons sa loi.

L'article deux sous sa rubrique
Porte cet ordre laconique :
A tous présents faisons savoir
Que bien trinquer est un devoir.

Buvons à la santé du roi
De la fève;
Buvons sans trève ;
Buvons à la santé du roi :
Le verre en main , chantons sa loi.

Il est dit article troisième :
Quand le roi boit, sachez qu'il aime
Que nous répétions tous en chœur :
Le roi boit !!! buvons de bon cœur.

Buvons à la santé du roi
De la fève;
Buvons sans trève;
Buvons à la santé du roi :
Le verre en main, chantons sa loi.

L'article quatre et dernier porte :
Le roi ses chers sujets exhorte
A mettre à profit le bon temps
D'un règne de quelques instants.

Buvons à la santé du roi
De la fève;
Buvons sans trève;
Buvons à la santé du roi :
Le verre en main, chantons sa loi.

AU HAMEAU COMME A PARIS.

Air : *Dans la paix et l'innocence.*

Alix disait à sa fille :
Fuis Colin, c'est un trompeur ;
Lorsque le soir il frétille,
Son audace me fait peur.
Ecoute-moi bien, Rosine ;
Las ! plus d'un cœur y fut pris !
L'amour à grands pas chemine,
Au hameau comme à Paris. *(bis)*

Le soir, je te le répète,
Lorsque tu files ton lin,
Garde-toi d'être coquette
Et de sourire à Colin.
Il guette fille jolie
Comme le chat la souris :
Ah ! malheur à qui s'oublie,
Au hameau comme à Paris. *(bis)*

6.

Si Colin te prend la taille,
Arrache-toi de ses bras ;
Sa flamme est un feu de paille,
Ma Rosette, n'y crois pas.
En trompant ton innocence,
Colin rirait de tes cris.
Fille, il faut de la prudence,
Au hameau comme à Paris. *(bis)*

Mais Rosine trop crédule,
Un soir qu'il faisait le guet,
Prêta, dit-on, sans scrupule
L'oreille au jeune muguet.
Il entraîna la pauvrette
Parmi les jeux et les ris,
Et lui ravit sa fleurette
Hélas ! tout comme à Paris ! *(bis)*

MAL ET BIEN DINER.

AIR : *Vaudeville des Deux Edmond.*

Siégeons-nous à la table ronde
Plus qu'il n'y doit siéger de monde,
Votre festin fût-il royal,
   Nous dînons mal. *(bis)*
Mais lorsque nous sont accordées
Libres et franches nos coudées
Chez un brave épicurien,
   Eh gai ! nous dînons bien. *(bis)*

Tous les mets sont-ils sur la table,
C'est un ambigu détestable,
Adieu, l'imprévu du régal !
   Nous dînons mal. *(bis)*
Mais adoptez-vous pour devise :
« L'appétit naît de la surprise. »
De la carte ne dites rien,
   Et nous dînerons bien. *(bis)*

Lorsque l'amphitryon novice
Aux mains de l'écuyer d'office
Remet le couteau magistral,
Nous dînons mal. (*bis*)
Mais, si l'amphitryon lui-même
Dépèce à chacun ce qu'il aime
En digne frère et bon chrétien;
Eh *gai*! nous dînons bien. (*bis*)

Nous présentez-vous sans vergogne,
Vins de Bordeaux, vins de Bourgogne,
Dans des carafes de cristal,
Nous dînons mal. (*bis*)
Devant nous placez au contraire
Des flacons tout gris de poussière,
Elle atteste leur âge ancien,
Eh gai! nous dînons bien. (*bis*)

Quand le café, je le confesse,
N'a pas reçu de notre hôtesse
Un seul petit coup-d'œil final,
Nous dînons mal. (*bis*)
Mais nous glisse-t-elle à l'oreille :
Il sera bon; de près j'y veille,
En tout honneur, comme en tout bien,
Eh gai ! nous dînons bien. (*bis*)

Si le rhum de la Jamaïque
N'est pas un tribut authentique
Venu tout droit du littoral,
    Nous dînons mal. (*bis*)
L'hôte dit-il : oui, je le signe ;
Il en arrive en droite ligne :
Nos verres vont choquer le sien.
    Eh gai ! nous dînons bien. (*bis*)

CONSEILS A SUZETTE.

AIR : *Chantons lætamini.*

O ma pauvre Suzette,
Suzette, sans détour,
Tu comptais sans *Lherbette*
Lorsque tu fis ta cour,
Ingénûment ta cour,
Ton petit doigt de cour.

Une autre fois, Suzette,
Modère ton amour;
Ou sinon la gazette
Dirait : tu fais ta cour,
Oui, Suzette, ta cour,
Ton petit doigt de cour.

Un Député, Suzette,
Doit craindre ce séjour.
A mal on interprète
Le petit doigt de cour,
Lorsque l'on fait sa cour,
Sans être de la cour.

Prends garde à toi, Suzette,
Ne fais pas à ton tour,
Hélas! la pirouette!
En glissant, à la cour,
Tu ferais à la cour,
La culbute à la cour.

DORILAS.

Un essaim de flatteurs l'escorte;
Il ne vous est pas inconnu,
Dorilas est le nom qu'il porte,
C'est Dorilas le parvenu.
A qui l'entoure il semble dire :
« J'ai mon pesant d'or en lingots. »
Gros Pierre est devenu messire :
Il a du foin dans ses sabots.

Il se fait un profond silence :
Dorilas est un vrai docteur.
Juste ciel ! il tousse... Il commence...
Tournons le dos à l'orateur.
Des phrases qu'il va coudre ensemble
Telle est la synthèse en deux mots :
Je suis éloquent, ce me semble,
Moi, j'ai du foin dans mes sabots.

A tout auditeur qui sommeille
Dorilas livre un rude assaut :

Sa voix de *Stentor* nous réveille ;
Ecoutons-le puisqu'il le faut.
« Se piquer de délicatesse,
C'est, dit-il, le faible des sots.
Moi, je me pique de finesse,
Et j'ai du foin dans mes sabots. »

Mais soudain il change de thème,
Il énumère ses amours ;
De toutes les femmes qu'il aime,
Il sait se faire aimer toujours.
Il poursuit et blondes et brunes,
Les perce de ses javelots :
C'est un homme à bonnes fortunes :
Il a du foin dans ses sabots.

Enfin, il murmure à voix basse
Certains mots que je n'entends plus...
Profitons du moment de grâce
Que nous laisse le gros Crésus.
O Morphée ! ô Dieu débonnaire !
Ombrage-moi de tes pavots !
Bon soir ! Bon soir ! millionnaire...
Broute le foin de tes sabots.

REMERCIEMENT

A MON COUSIN C.^{les} B........,

QUI M'AVAIT ENVOYÉ UN LAPIN DE SA CHASSE.

AIR: *Tonton, tontaine, tonton.*

Bravo ! bravo ! chantons victoire !
Pour ajuster ton œil est bon :
Tonton, tonton, tontaine, tonton :
Cousin, tu t'es couvert de gloire,
Je chante sur mon mirliton :
Tonton, tontaine, tonton.

Je pèse ta bête et la toise ;
Je juge sur l'échantillon :
Tonton, tonton, tontaine, tonton :
Que les lapins des bois de l'Oise
Sont taillés sur un fier patron :
Tonton, tontaine, tonton.

Rien n'est beau comme la fourrure
Du gibier dont tu m'as fait don :
Tonton, tonton, tontaine, tonton :
Le dessous sera, je l'augure,
Digne d'un appétit glouton :
Tonton, tontaine, tonton.

Si quelque beau jour, de la chasse
Dans mon cœur gronde le démon,
Tonton, tonton, tontaine, tonton ;
Malheur! aux lapins dont l'audace
Affrontera mes grains de plomb !
Tonton, tontaine, tonton.

Pour leur déclarer bonne guerre,
De toi j'irai prendre leçon,
Tonton, tonton, tontaine, tonton :
Tu m'enseigneras, en bon frère,
L'art de mettre au droit mon canon :
Tonton, tontaine, tonton.

CELA VA MAL, CELA VA BIEN.

AIR : *des Bossus.*

Faut-il sans boire entonner ma chanson,
Cela va mal : ma voix a le frisson.
Mais que du vin la riante vapeur
De mon gosier dissipe la froideur,
Cela va bien : Je chante plein d'ardeur.

Me donnez-vous à dîner sans façon,
Cela va mal : mes dents ont le frisson.
Mieux inspiré, vous piquez-vous d'honneur,
Me traitez-vous en gourmet connaisseur,
Cela va bien : Je mange avec ardeur.

Ai-je oublié mes pistolets d'arçon,
Cela va mal : mon cœur a le frisson.
Mais l'arme au poing, je cours droit au voleur;
Jean qui tremblait redevient Jean sans peur :
Cela va bien : Je me bats plein d'ardeur.

De mes écus quand expire le son,
Cela va mal : Hélas ! j'ai le frisson !
Que mon trésor centuple de lourdeur,
De mes cinq doigts j'en palpe la rondeur,
Cela va bien : j'y puise avec ardeur.

D'une coquette ai-je vu l'hameçon,
Cela va mal : ma bouche a le frisson.
Lise dit-elle : A toi, prends cette fleur;
Je la saisis, j'en aspire l'odeur,
Cela va bien : Lisette a de l'ardeur.

UN GOUTER A NANTOUILLET.

(Souvenir de Collége.)

AIR : *L'ombre s'évapore.*

La jeune cohorte,
Que le maître escorte,
A franchi la porte
Des murs de Juilly.
Devoirs, pénitence,
Pensum, abstinence
Et loi du silence
Tombent en oubli.

D'humeur badine,
Troupe enfantine
Jase et chemine
L'esprit gai, follet,

Vers le village,
Par son laitage,
Cher au jeune âge :
Salut, Nantouillet !

Salut ! murs antiques !
Tourelles en briqués ! (1)
Touchant vos chroniques
Chacun dit son mot.
Plus brune que blanche,
Le poing sur là hanche,
Pour nous voir se penche
La dame *Burgot.*

Gent écolière
Chez la fermière
S'installe fière,
La bourse à la main :
Et dame hôtesse,
Avec prestesse,
Le couvert dresse
Et tranche le pain.

(1) De l'ancien château du cardinal Duprat.

Les vases s'emplissent
Et se désemplissent,
Les ventres grossissent
Inondés de lait,
De lait clair et blême,
Car, l'eau du baptême
A noyé sa crême
A plein gobelet.

Ardente, active,
Burgot captive
L'heureux convive
De son œil lutin !
Puis elle apporte
Pimpante, accorte,
Sur sa main forte
Le Roi du festin.

Tribut de la Brie,
Fromage à la pie
L'estomac te crie :
Sois le bien venu !
Et vous poires blettes,
Calvilles, reinettes,
Et noix et noisettes,
Ornez le menu.

Sur toute chose
L'écolier glose :
Et même il ose
Murmurer tout bas,
Contre le père
Recteur sévère,
Despote austère,
Dictateur, hélas !

Sonnet le décide :
Pour l'âge candide
Le vin est perfide,
Il monte au cerveau.
Comme au réfectoire,
Fils de l'Oratoire,
Nous ne devons boire
Hélas ! que de l'eau !

Et l'eau circule...
Chacun recule
Et gesticule
En criant : merci !

Puis l'on murmure :
Il faut l'exclure ;
A bas l'eau pure !
A bas ! hors d'ici !

Devant l'assemblée,
Dans cette mêlée,
La cruche fêlée,
Alerte ! holà !
De mains en mains passe,
Va, vient et repasse,
Puis enfin... trépasse,
Aux cris : brisons-la.

Mais, l'heure sonne ;
Le cœur frissonne ;
Le maître entonne
Le chant du retour :
De par la charte !
Payez la carte !
Et que l'on parte...
En rang, dans la cour.

Ronds de pain d'épice,

Bâtons de réglisse

Dans la poche on glisse

Pour croquer, le soir,

Avec quiétude

Et béatitude,

Aux salles d'étude....

Hôtesse, au revoir !

LES VENDANGEURS.

AIR : *Ainsi jadis un grand prophète.*

L'ombre de la nuit s'évapore,
Partons, au refrain des chansons ;
Célébrons la riante aurore,
En avant ! filles et garçons !
Armons-nous de notre serpette ;
Allons vendanger le raisin.
On a vu briller la comète :
Nous ferons, amis, de bon vin.

Et le jeune essaim, dans la vigne,
Comme un flot rapide s'épand ;
Va, vient, se disperse et s'aligne,
Coupe le raisin en chantant :
Par Bacchus ! vive la feuillette
Où fermente le jus divin !
Bientôt nous dirons : la Comète
Nous a fait rentrer de bon vin.

Eh ! bonjour, gentille voisine,
Dit Mathurin tout doucement :
Pour t'embrasser, ô ma Claudine,
Je suis là, guettant le moment...
Un petit baiser, ma blondette,
Laisse prendre à ton Mathurin.
Quand on voit briller la Comète,
Vivent l'amour et le bon vin !

Si léger, si doux qu'on le donne,
Un baiser fait toujours du bruit.
La pauvre Claudine frissonne,
Hélas ! et Mathurin s'enfuit ;
Car de tous côtés l'on répète :
Ne te gêne pas, Mathurin !
Lorsqu'on voit briller la Comète,
Vivent l'amour et le bon vin !

Ainsi qu'une vive étincelle,
Ce baiser embrâse les cœurs :
Plus d'un couple déjà chancelle ;
Laissez-vous glisser, vendangeurs ;
Laissez-vous glisser sur l'herbette ;
Le soleil est à son déclin.
Voyez-vous briller la Comète :
Vivent l'amour et le bon vin !

LE PETIT SACRISTAIN.

(Souvenir de Collége.)

Air : *Toto carbo.*

C'était un petit père,
Furet, trotte menu
Bien connu ;
Moins docte que son frère,
Du reste bon chrétien
Chantant bien :
Prions en français!
Prions en français!
Oremus ! en latin !
Nous l'appelions *(bis)* le petit Sacristain.

Sa mère était *vivace*;
Son frère avait le nom
Le renom
De père *Coriace*;
Quant à lui, né gourmand,
Oui, vraiment !
Vorace en français,
Vorace en français,
Et *Vorax* en latin;
Nous l'appelions *(bis)* Vorace et Sacristain.

8

Volontiers je le note,
Nous l'aimions, vous et moi,
Car, ma foi,
Il n'était pas despote ;
Même, il nous dorlottait,
Nous contait
Gais propos français,
Gais propos français,
Calembours en latin.
Béni soit-il ! *(bis)* le petit Sacristain.

Botaniste et fleuriste,
Il cultivait des fleurs
Pour les sœurs ;
Il savait, en artiste,
Leur monter des bouquets
Bien coquets ;
Et, galant français,
Oui, galant français,
Oublier le latin,
Auprès des sœurs *(bis)* aimable Sacristain.

Hélas ! je le confesse,
A son bel espalier,
L'écolier
Eut la scélératesse
De détacher maints gros
Abricots...

Alors en français,
Alors en français,
Item en bon latin,
Nous maudissait *(bis)* le petit Sacristain.

Il quitta l'Oratoire,
Pour porter le surplis,
   Dans Paris;
Et, si j'en crois l'histoire,
Il put dire un beau jour,
   A son tour :
Je suis en français,
Je suis en français,
Ego sum en latin :
Je suis abbé, *(bis)* ci-devant Sacristain.

LE REPENTIR DE L'IVRESSE.

AIR : *C'est le gros Thomas.*

Donne-moi le bras,
Je sens que le champagne opère :

Pour guider mes pas,

Cher ami, je n'y vois plus guère;

Oui, je marche en tremblant,

Et mon pied chancelant

A déjà fait mainte glissade :

J'ai trop sablé d'une rasade.....

Je n'y vois plus rien;

Ami, soutiens-moi bien.

— Qui vive ? holà ! —

Eh ! parbleu ! c'est un honnête homme.

Je réponds : Voilà !

Lorsque l'autorité me somme.

Brave municipal,

Sergent, ou.... caporal,

Je t'estime, je te révère ! ! !

J'ai dans la tête un petit verre.....

Je n'y vois plus rien;

Ami, soutiens-moi bien.

Citadin bourgeois,

Quelle mouche en passant te pique?

Tu ris, je le crois?

Au large ! au large ! sans réplique :

Passe droit ton chemin,

Ou sinon cette main

T'apprendra que lorsqu'on sait vivre,

On n'insulte pas un homme ivre.

Je n'y vois plus rien ;

Ami, soutiens-moi bien.

Mais j'entends du bruit.....

Une fenêtre s'entre-bâille ;

Des vases de nuit,

Pour mon dos, je crains la mitraille.

On crie : Eh! gare! à vous!

Il est temps... sauvons-nous.

Je redoute le voisinage

Des lieux où se forme l'orage.....

Je n'y vois plus rien ;

Ami, soutiens-moi bien.

Eh ! oui, je le sens,

Mon brave ami, je me dégrise ;

Je reprends mes sens ;

J'en conviens, trop boire est sottise.

Hélas! oui, que veux-tu ?

Une fois, j'ai voulu -

8.

Tâter un peu de la bouteille,
Mais je te le dis à l'oreille :
L'abus n'en vaut rien ;
Je le reconnais bien.

L'AURORE.

Air: *Bon Voyage.*

Quand l'aurore

Prélude au jour,

A son aspect, l'ombre fuit, s'évapore:

Quand l'aurore

Prélude au jour,

La cloche annonce au hameau son retour.

« Din, don, din, don! Levez-vous: à l'ouvrage!»

Chante Thomas en sonnant l'angélus:

Le pèlerin se remet en voyage;

Le bon pasteur dit: Prions! Oremus!

Quand l'aurore

Prélude au jour,

A son aspect, l'ombre fuit, s'évapore:

Quand l'aurore

Prélude au jour,

La cloche annonce au hameau son retour.

Vite, mon fils, les bœufs à la charrue !
Dit Mathurin dès qu'il ouvre les yeux.
Dans notre étable, allons, fais la revue :
Je n'y vais plus, hélas ! je suis trop vieux !

Quand l'aurore
Prélude au jour,
A son aspect, l'ombre fuit, s'évapore :
Quand l'aurore
Prélude au jour,
La cloche annonce au hameau son retour.

Et l'on entend les coursiers qui hennissent ;
Les coups de fouet font chorus aux jurons ;
Sous les marteaux les enclumes gémissent ;
Tic, toc ! tic, toc ! trinquent les vignerons.

Quand l'aurore
Prélude au jour,
A son aspect, l'ombre fuit, s'évapore :
Quand l'aurore
Prélude au jour,
La cloche annonce au hameau son retour.

Près du torrent les jeunes lavandières
Frappent le chanvre à grands coups de battoir ;
Sur les brasiers l'on suspend les chaudières :
Et Jeanneton consulte son miroir.

Quand l'aurore

Prélude au jour,

A son aspect l'ombre fuit, s'évapore:

Quand l'aurore

Prélude au jour,

La cloche annonce au hameau son retour.

Des villageois les bruyantes cohortes

Aux cris: Partons! s'élancent vers les champs:

Et les bambins quittant le seuil des portes,

En sautillant font cortége aux passants.

Quand l'aurore

Prélude au jour,

A son aspect, l'ombre fuit, s'évapore.

Quand l'aurore

Prélude au jour,

La cloche annonce au hameau son retour.

N'ABUSONS DE RIEN.

Air : *J'ons un Curé patriote.*

De tous les plaisirs du monde,

Le plus riant est l'amour.

Faisons l'amour à la ronde ;

Aux belles faisons la cour.

Mais, hélas ! que voulez-vous ?

Même en amour disons-nous :

De tout bien

Usons bien ;

Mais sans abuser de rien,

Oui, mais sans abuser de rien.

Une gaîté franche et douce

Pour les cœurs est un trésor ;

Le moindre excès les émousse ;

Pourquoi ne le dire encor ?

La gaîté de bon aloi

Aime à respecter la loi :

De tout bien

Usons bien ;

Mais sans abuser de rien,

Oui, mais sans abuser de rien.

Jusques à la vertu même

Ne lâchons pas trop la main :

L'aimer d'un amour extrême

Est un labeur surhumain.

Laissons la vertu, bon Dieu !

Sommeiller en temps et lieu :

De tout bien

Usons bien ;

Mais sans abuser de rien,

Oui, mais sans abuser de rien.

Sans tenir trop à la vie,

Prenons-la du bon côté ;

Quand le plaisir nous convie,

Faisons à sa volonté:

Mais, si ventre à terre il court,

Enrayons, ma foi ! tout court :

De tout bien

Usons bien ;

Mais sans abuser de rien,

Oui, mais sans abuser de rien.

LA BAVARDE.

Air : *Une fille est un oiseau.*

Juste ciel ! où sommes-nous ?

Est-ce ainsi que l'on travaille ?

Vous ne faites rien qui vaille,

Suzette, vous tairez-vous ?

Silence ! Mademoiselle !
Au pied de votre escabelle,
Avec lacets et dentelle
S'embrouillent fil et coton.
Oui, votre langue, Suzette,
Tonton, ton..! tourne follette ;
Tonton, ton..! comme un toton. *(bis)*

Feu Mathurin, votre aïeul,
Qui prit soin de ma jeunesse,
Me disait, dans sa sagesse,
Assis là, sous ce tilleul :
Mon enfant, ma Géronime,
Retiens bien cette maxime :
Parler sans raison ni rime,
Fut toujours de mauvais ton.
Et ma langue repentante
S'arrêtait obéissante....
Mais, la vôtre est un toton. *(bis)*

Les garçons de notre endroit,
Suzette, prenez-y garde,
Vous appellent la Bavarde,
Et vous montrent tous au doigt.
Je vous le dis, sur mon ame !
Déjà même, on le proclame :
Nul ne prendra pour sa femme

La caillette du canton.

Aussi vrai le soleil brille !

Oui, Suzon, vous mourrez fille :

Nul ne voudra d'un toton. *(bis)*

Mais, Suzon, jamais hélas !

Sa mère eut beau dire et faire,

Ne put apprendre à se taire ;

Et, malgré tous ses appas,

Hélas ! la pauvre fillette

Garda son nom de Suzette !

Au logis, seule, seulette,

Elle s'écriait, dit-on :

Aux bons avis trop rebelle,

Pourquoi ma langue fit-elle

Tonton, ton..! comme un toton ? *(bis)*

LE DINDON.

OU LE SOUPER DE LA SAINT-MARTIN.

(Souvenir de Collège.)

AIR : *V'la c'que c'est q'd'aller au bois.*

Gloire au bienheureux saint Martin !

La cloche a sonné le festin.

Quittons la plume et l'écritoire,
        Fils de l'Oratoire ,
        Vite! au réfectoire !
La Cloche a sonné : din, din, don!
        Allons fêter le dindon.

Déjà le *Benedicite*,
Amen ! Amen ! est récité.
Au milieu d'un profond silence ,
        S'ouvre la séance ;
        Le souper commence :
La fourchette en main , din, din don !
        Attention ! au dindon !

Un superbe plat d'abattis
Sert de prélude aux appétits.
D'hilarité nos cœurs bondissent,
        Nos yeux resplendissent,
        Nos mains applaudissent ;
Sous nos dents tombent, din, din, don !
        Pattes et cous du dindon.

Laissons en paix séjourner l'eau
De Geneviève, en son caveau.
Dégustons le jus de la treille ,

La liqueur vermeille,
Sablons la bouteille
De vin, dont *Sonnet* nous fait don,
Pour arroser le dindon.

Bravo ! bravissimo ! salut !
Voici des Indes le tribut.
La bête, au sortir de la broche,
Du couteau s'approche,
Et, de proche en proche,
Sur chaque table, din, din, don !
On dépèce le dindon.

Chacun fait deux parts de sa part,
Croque l'une et met l'autre à part.
Puis d'un blanc vélin, qu'il déploie,
Entourant sa proie,
Fredonne à cœur joie :
Entre en ma poche, din, din, don !
Pour mon déjeûner, dindon.

Mais, sur la tablette du tour
Paraît la galette à son tour.
Nous la mangeons des yeux d'avance
Pendant que s'avance
Le bon vieux *Chevance*,

Qui fait main basse, din, din, don !
Sur les débris du dindon.

Attention ! ô mes amis,
D'un petit verre de caçis,
Pour libéralité finale,
    Sonnet nous régale ;
    Que chaque timbale
Fasse : tic, toc ! Et, din, din, don !
    Léger nous soit le dindon !

Il ne nous reste plus, hélas !
Qu'à chanter : *Deo gratias !*
Le lecteur descend de la chaire,
    Disant je te flaire
    Souper ! je vais faire
Eh ! gai ! din, don ! Eh ! gai ! din, don !
    A mon tour fête au dindon.

Chez les trois Frères-Provençaux,
Convenons-en, chers commensaux,
Malgré le génie artistique
    Dont *Collot* se pique,
    Le souper classique
Avait bien son prix, din, din, don !
    Lorsqu'on mangeait le dindon.

FABLES.

LES PIGEONS ET LES DEUX VOISINS.

Au plein cœur de l'hiver, quand la neige et le froid
Retenaient ses Pigeons prisonniers sous leur toit,
Un honnête fermier, touché de leur détresse,
Lui-même leur donnait le blé quotidien,
    Les nourrissait avec largesse.
Mangez, leur disait-il; croissez; profitez bien;
    La belle saison arrivée,
    J'aurai de vous riche couvée :
    C'est un prêté pour un rendu.
Mais un voisin, hélas! l'histoire le rapporte,
    L'ayant par malheur entendu
    Aux Pigeons parler de la sorte,
Souriait dans sa barbe. Il disait à part soi :
C'est bon. Je vais m'y prendre à l'inverse de toi :
    Chacun de nous a son système.
Du blé que tu répands mes Pigeons ont leur part;
Sois prodigue l'hiver..: je le serai plus tard.
    Il poursuivit son stratagème :
    Un plein succès le couronna.
Astucieux compère, il attendit, lorgna

Le temps où la cohorte ailée

Vers les champs reprit sa volée.

A cette heure, dit-il, prodiguons notre grain.

Et chaque jour, à pleine main,

Aux oiseaux il jetait sa graine.

On se l'imagine sans peine,

Les Pigeons du fermier prirent part au festin ;

Ils revinrent chaque matin ;

Puis se dirent bientôt : Ce colombier est vaste ;

Amis Pigeons, qu'en pensez-vous ?

Dans ce donjon installons-nous :

Nous sommes tous de même caste.

Si... nos frères le veulent bien,

Ajoute aussitôt un ancien.

Si nous le voulons bien ! oui, frères, entrez vite !

Répondent les Pigeons habitants de ces lieux.

Soyez les bien-venus ; partagez notre gîte.

Ils entrèrent, jeunes et vieux,

Dans ce donjon bien se trouvèrent,

Tant et si bien, ma foi, que leurs œufs y couvèrent.

La mémoire du cœur est bien rare ici-bas :

Les Pigeons l'auraient-ils? tant d'hommes ne l'ont pas !

LE PETIT CHIEN.

Sur les pas de son maître allait, sautait joyeux,
Castor, le petit chien au poil noir et soyeux.
Ils suivaient un cours d'eau, lorsqu'une passerelle,
Si trop pompeusement de ce nom je l'appelle,
Une planche, dirai-je, une pièce de bois,
    Comme il en est sur l'eau parfois,
A gagner l'autre bord tous les deux les invite.
    Le maître passe... et Castor vite
    De le suivre. Il fait quelques pas,
    Mais il perd l'équilibre, hélas!
    Le corps, emporté par la tête,
    Dans l'eau tombe la pauvre bête.
Nageur improvisé, Castor fit aussi bien
Qu'aurait fait à sa place un maître nageur chien :
    Il fut bientôt sur l'autre rive.
Mais depuis ce plongeon, sa nature craintive
    Lui disait : Tu fus maladroit,
    Mon fils, redoute cet endroit.
Tout jeune qu'il était, il prit un parti sage :

Ce fut de traverser la rivière à la nage
Sans y manquer jamais : l'auteur en est garant.

L'un de nous tombe-t-il, il raisonne de même ;
Mais il n'est pas toujours aussi persévérant
A craindre le péril, et trop souvent il l'aime.

LE JEUNE PERROQUET.

Coco, le jeune Perroquet,
    Avait bon bec et bon caquet.
    Il disait : « Bonjour, ma maîtresse !
As-tu bien déjeûné, mon Coco, mon mignon ?
      Oh ! oh ! ah ! ah ! si, si ; non, non...
      Baise Coco ! là, là ; caresse... »
C'était, on peut le dire, un joli babillard,
    Quand ce n'était pas un braillard.

Sur le haut d'un buffet où reposait sa cage,
    Coco jouait son personnage.
Perché sur son bâton, à l'heure du festin,
      Coco d'un air moitié mutin,
      Moitié rempli de gentillesse,
      Battait de l'aile avec souplesse,
      Inventait cent sortes de jeux.
      Il roucoulait, faisait des yeux,
      Des yeux câlins qui semblaient dire :
      Je vous en prie, une et deux fois,

A Coco donnez une noix ;

De faim, ô maîtresse, il expire !

A son air suppliant si l'on ne faisait droit,

Coco se révoltait. Il s'en allait tout droit

Picoter, de son bec aiguisé par la rage,

Les grains de chenevis qu'il lançait de sa cage

Sur la tablette du buffet.

Vous le pensez, de ce méfait

On grondait Coco d'importance.

On lui disait : nous saurons bien,

Monsieur, vous rogner la pitance ;

Vous jeûnerez ; vous n'aurez rien.

Mais, lui, fidèle à son système,

Recommençait son stratagème.

De guerre lasse, enfin : A toi, tiens ; prends, glouton !

Croque, et... tais-toi, lui disait-on.

L'enfant que vous gâtez agit de même sorte :

Ce qu'il veut, il le veut sans démordre d'un cran.

Sur votre volonté sa volonté l'emporte :

C'est la volonté d'un tyran.

TABLE ALPHABÉTIQUE.

FABLES.

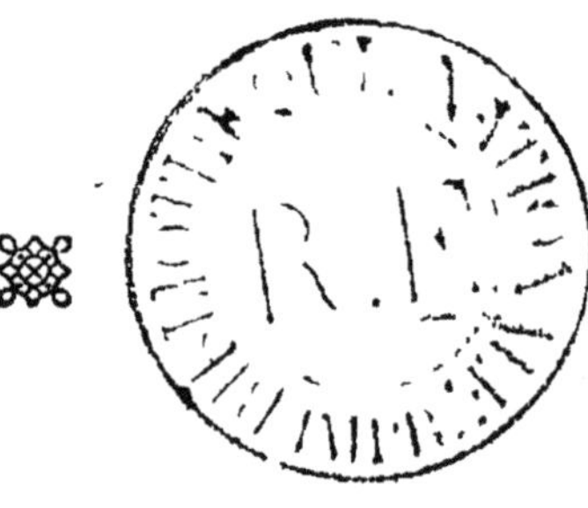